महापर्बत

महापर्बत

एक कहानी हमारे दौर की

अमिताभ घोष

अनुवाद: नवेद अकबर

हार्पर हिन्दी
(हार्परकॉलिंस पब्लिशर्स इंडिया) द्वारा 2022 में प्रकाशित
बिल्डिंग नं. 10, टावर A, 4th फ्लोर,
डीएलएफ साइबर सिटी, फेज II, गुरुग्राम 122002, भारत
www.harpercollins.co.in

चित्रांकन : देवांगना दास

P-ISBN: 9789354896088
E-ISBN: 9789354896101

टाइपसेटिंग : निओ साफ़्टवेयर कन्सलटैंट्स, प्रयागराज (इलाहाबाद)
मुद्रक : थॉम्सन प्रेस (इंडिया) लि.

‘एंथ्रोपोसीन’ (Anthropocene) शब्द से मेरा परिचय बुक क्लब की मेरी दोस्त मानसी ने कराया था।

मानसी का और मेरा एक अजीब सा रिश्ता थाः इतने सालों से एक दूसरे को जानते हुए भी हमने न तो कभी आमने-सामने बात की थी और न ही रूबरू मुलाक़ात की थी। हमारी बातचीत हमेशा ऑनलाइन ही हुई थी, और वो भी बार-बार नहीं। लेकिन न जाने कैसे, समय के साथ, ये मुलाक़ातें हम दोनों ही के लिए बहुत अहम बन गई थीं।

हम एक ऑनलाइन बुक क्लब के माध्यम से मिले

थे जिसकी शुरुआत मानसी ने अपने अन्य सभी रीडिंग क्लबों से ऊब जाने के बाद की थी। 'लोग अपने बारे में बहुत बातें करते हैं,' उसने कहा था। इसीलिए उसके क्लब का एक बुनियादी नियम थाः 'ये आपके या मेरे बारे में नहीं है; ये किताब के बारे में है।' ऐसे लोग कम ही थे जिन्हें ये बात पसंद आती थी, इसलिए इसके सदस्य कमी से ही लंबे समय तक टिक पाते थे। लेकिन मुझे ऐसा लगा कि ये नियम मेरे स्वभाव से पूरी तरह मेल खाता है, और चूंकि मानसी के साथ भी ऐसा ही था, इसलिए जब ग्रुप में हम दोनों के अलावा और कोई नहीं बचा, तब भी हम अपने बारे में कभी-कभार ही बात करते थे। नतीजतन, मैं मानसी के बारे में बस इतना ही जानता था कि उसकी परवरिश तो नेपाल में हुई थी, लेकिन अब वो न्यूयॉर्क में रहती थी, जहां वो डिज़ाइनर कपड़ों के एक उभरते ब्रांड एंथ्रोपोलोगिया के लिए सेल्स मैनेजर के रूप में काम करती थी।

हम हर साल नव वर्ष पर, बारी-बारी से, अगले बारह महीनों तक बात करने के लिए कोई एक विषय चुनते थे। हमारे विषयों के चयन काफ़ी व्यापक होते थे—एक साल का विषय था 'समुद्री कथा साहित्य;' एक अन्य साल का विषय था 'अन्वेषक'—लेकिन हम जो कुछ भी चुनते उस पर टिके रहने को लेकर बड़े अनुशासित रहते थे।

इस साल का विषय चुनने की बारी मानसी की थी। 'मेरे पास तुम्हारे लिए एक सरप्राइज़ है,' उसने घोषणा की। 'तुम और मैं एंथ्रोपोसीन के बारे में पढ़ेंगे।'

मैं नए साल की पूर्वसंध्या को देर रात तक बाहर रहा था और मेरा दिमाग़ अभी भी पूरी तरह ठीक से काम नहीं कर रहा था। 'क्या शब्द बोला?' मैंने कहा। 'मैं समझा नहीं।'

'एंथ्रोपोसीन।'

मैंने जीभ घुमाकर किसी तरह इस शब्द को बोला। 'आख़िर इसके मायने क्या हैं?'

'मुझे पता नहीं,' मानसी ने स्वीकार किया। 'लेकिन मुझे जानना है। मेरी कंपनी ने इसे इस साल की फ़ैशन थीम के रूप में अपनाया है।'

'लेकिन मानसी,' मैंने विरोध जताया। 'ये गढ़ा हुआ सा शब्द लगता है। तुम्हें इसका उच्चारण भी पता है?'

'नहीं,' वो बोली, 'लेकिन हम आसानी से पता कर सकते हैं।'

तो हमने एक स्क्रीन शेयर किया और यूट्यूब पर सर्च करने लगे। पहली क्लिप में एक दाढ़ी वाला प्रोफ़ेसर टाइप का आदमी था जिसका मानना था कि सही उच्चारण है: एंथ-रोप-ओसीन।

हम दोनों ही अचकचा से गए। 'भयंकर!' मानसी चिल्लाई।

'वीभत्स!' मैंने कहा। 'हम ऐसा शब्द पूरे एक साल तक तो अपनी ज़बान पर नहीं रख सकते!'

तो हमने एक बार फिर से सर्च की, जो हमें एक और दाढ़ी वाले प्रोफ़ेसर के पास ले गई, लेकिन उसने 'एन-थ्रोपोसीन' कहा।

'ये बेहतर है,' मैंने कहा।

'इससे कम से कम पेट में बल नहीं पड़ेंगे,' मानसी ने सहमति जताई। 'शायद इसे मैं एक साल तक सहन कर सकूंगी।'

'वाक़ई, मानसी?' मैंने कहा। 'तुम वाक़ई ये करना चाहती हो?'

'हां,' उसने कहा। 'चिंता मत करो। मैं इस पर ज़रा और रिसर्च करूंगी और कल सुबह तुम्हें एक रीडिंग लिस्ट भेजूंगी।'

अगली सुबह मैं इस उम्मीद के साथ जागा कि मेरे इनबॉक्स में मानसी का कोई मैसेज होगा। लेकिन न तो उस दिन ही उसका कोई मैसेज आया और न ही अगले दिन। एक हफ़्ते बाद कहीं जाकर मानसी का एक मैसेज मेरे स्क्रीन पर दिखाई दिया।

'मैं इतने समय तक तुम्हें कुछ न लिखने के लिए माफ़ी चाहती हूं,' उसने कहा। 'मेरे पिछले कुछ दिन बहुत ख़राब बीते हैं। हुआ यूं कि मुझे ऑनलाइन एक रीडिंग लिस्ट मिली और मैंने बस यूंही एक किताब पढ़ने के लिए चुन ली, ये सोचकर कि किताब अच्छी और वैज्ञानिक सी होगी और इसमें ढेर सारे आंकड़े और चार्ट वग़ैरा होंगे। लेकिन किताब में ऐसा कुछ भी नहीं था, बल्कि ये दूर-दराज़ के किसी द्वीप पर कुछ ग़रीब लोगों के बारे में थी जिनके साथ कुछ बहुत बुरा हुआ था। मैं उसे पढ़ते हुए देर रात तक जागी रही, और जब मैं सोई तो मैंने एक बहुत ही भयानक सपना देखा – पर मुझे ये तक नहीं पता कि वो मेरा अपना ही सपना है या अपनी नानी से सुनी किसी कहानी की कोई याद है। मैं इतनी बुरी तरह हिलकर रह गई थी कि अपनी थेरेपिस्ट से मिलने गई और उसने कहा कि मैं उसे लिख डालूं। तो मैंने उसे लिख लिया – और मैं सोच रही थी कि क्या तुम इस पर एक नज़र डालना चाहोगे?'

सपने में मैं हिमालय की ऊंचाइयों में एक ऐसी घाटी में पलने-बढ़ने वाली नौजवान लड़की थी जहां आपस में युद्धरत गांवों का एक झुंड था। हमारी घाटी के सामने बर्फ़ से ढका एक विशालकाय पहाड़ था, जिसकी चोटी लगभग हमेशा ही बादलों से घिरी रहती थी। इस पहाड़ को महापर्बत कहा जाता था, और अपने आपसी मनमुटाव के बावजूद घाटी में रहने वाले हम सभी लोग उस पहाड़ के प्रति श्रद्धा रखते थेः हमारे पूर्वजों ने हमें बताया था कि ये पहाड़ संसार के सारे पहाड़ों में सबसे ज़्यादा जीवंत है; कि ये हमारी रक्षा करेगा, और हमारी रखवाली करेगा – लेकिन सिर्फ़ इस शर्त पर कि हम इसकी कहानियां सुनाएं, इसके बारे में गाने गाएं और इसके लिए नाचें – पर हमेशा दूर से। क्योंकि घाटी के बाध्यकारी क़ानूनों में से एक – जिसका सभी युद्धरत गांव सम्मान करते थे – ये था कि हम कभी भी, किसी भी कारण से, महापर्बत की ढलानों पर क़दम नहीं रख सकते थे।

हम अपने पूर्वजों का कहना मानते थे और पहाड़ से दूर रहते थे। मन ही मन हम जानते थे कि हमारा पहाड़ एक जीवित प्राणी है जो हमारा ख़्याल रखता है; हम इसका

प्रमाण रोज़ाना अपने आसपास उस पेड़ के रूप में देखते थे जो इसकी ढलानों से बहने वाले झरने के किनारों पर उगता था। ये पेड़, जो सिर्फ़ हमारी घाटी में उगता था और कहीं और नहीं उगता था, ऐसी चमत्कारिक चीज़ें पैदा करता था कि हम इसे जादुई पेड़ कहा करते थे। इसके पत्ते कीड़े-मकोड़ों को दूर रखते थे; इसकी लकड़ी में पानी नहीं घुस सकता था; इसकी जड़ें दुर्लभ कुकुरमुत्तों को पोषण देती थीं; इसके फूल बेहद महकदार शहद पैदा करते थे; और इसका फल खाने में स्वादिष्ट था। लेकिन सबसे ज़्यादा चमत्कारिक चीज़ फल के अंदर से निकलने वाली गुठली थीः इसकी महक अतुलनीय थी और इसके इतने औषधीय उपयोग थे कि दूर-दूर के मैदानी इलाक़ों के व्यापारी इसकी तलाश में आया करते थे।

हम घाटी के लोग भले ही बहुत सी चीज़ों पर लड़ते हों, लेकिन एक बात पर हम सब सहमत थेः अजनबियों को कभी हमारी घाटी में प्रवेश नहीं करने दिया जाएगा। इसीलिए जो लोग हमारी चीज़ों की तलाश में आते थे उन्हें एक पहाड़ी दर्रे पर इंतज़ार करना पड़ता था जिसकी हिफ़ाज़त एक विशाल दुर्गद्वार के ज़रिए की जाती थी। साल में एक बार, जब बर्फ़ पिघलने लगती थी, हमारे गांवों के सयाने मर्द और औरतें वहां जाकर बाहर से आए व्यापारियों से मुलाक़ात करते थे। उस एक सप्ताह में, हमारे सयाने चमत्कारी गुठलियों, दुर्लभ कुकुरमुत्तों,

बेहतरीन शहद, जड़ी-बूटियों जैसे हमारे पहाड़ी तोहफ़ों के बदले हमारी जरूरत की सारी व्यापारिक चीजें ले लेते थे। इस सप्ताह को व्यापार सप्ताह के नाम से जाना जाता था, और इसके बाद सयाने ये सुनिश्चित करते थे कि आने वाले सभी व्यापारी चले जाएं, और फिर वो बाक़ी के साल के लिए दुर्गद्वार की सुरक्षा के लिए वहां संतरियों का एक दस्ता तैनात कर देते थे। फिर वो अपने घरों को लौट आते, और घाटी का हर गांव महापर्बत के प्रति आभार प्रकट करने के लिए एक आभार समारोह का आयोजन करता था। जब मंत्रोच्चारण चल रहा होता और चढ़ावे चढ़ाए जा रहे होते थे, तो पूरी घाटी में खाने-पीने और नाच-गाने का माहौल होता थाः ये हमारे लिए साल का सबसे ख़ुशी का दिन होता था।

हमारी घाटी में जिंदगी आसान नहीं थी – हमें अपने खाने के लिए सख़्त मेहनत करनी पड़ती थी, और जब हम मेहनत नहीं कर रहे होते थे, तो अपने पड़ोसियों से लड़ रहे होते थे। लेकिन हम और किसी तरह की जिंदगी जानते ही नहीं थे और हम अपनी जिंदगी से संतुष्ट थे। और होते भी क्यों नहीं? हमें अपने महापर्बत और अपने हैरतअंगेज पेड़ों की कहानियां सुनना अच्छा लगता था; हमें अपने गाने गाना अच्छा लगता था; और सबसे बढ़कर, हमें नाचना अच्छा लगता था। नृत्यों की अगुआई

हमेशा औरतें करती थीं, और उनमें जो सबसे ज़्यादा पारंगत होती थीं, वो कलावती कहलाती थीं; वो डांस करते हुए कभी-कभी ट्रांस में चली जाती थीं और बाद में बताती थीं कि उन्होंने ऐसा महसूस किया जैसे पहाड़ उनके पैरों के तलवों के माध्यम से उनसे बात कर रहा हो।

उफ़, हमें अपनी कलावतियों से कितनी जलन होती थी!

तो ज़िंदगी हमेशा की तरह चलती रही, लेकिन फिर एक साल ऐसा हुआ कि जब सयाने व्यापार सप्ताह से वापस आए, तो उनके चेहरों पर गंभीरता और परेशानी के भाव थे। उन्होंने हमें बताया कि उस साल बहुत दूर के किसी इलाक़े से दर्रे में एक नई क़िस्म का अजनबी आया था। उन्होंने बताया कि उस अजनबी के लोग एंथ्रोपोइ कहलाते थे; उनके विद्वानों ने हमारी गुठलियों के बारे में सुना था और उसे हमारी घाटी और जो कुछ हमारी घाटी में है उसके बारे में जानने के मिशन पर भेजा गया था।

सयानों ने उसे अपनी चीज़ें दिखाईं – कुकुरमुत्ते, जड़ी-बूटियां, गुठलियां और शहद वग़ैरा – लेकिन अजनबी के लिए इतना काफ़ी नहीं था: वो घाटी में आकर इसे ख़ुद अपनी आंखों से देखना चाहता था।

सयानों ने उससे कहा कि ये नामुमकिन है और घाटी के क़ानून के ख़िलाफ़ है; महापर्बत ऐसा नहीं चाहता। अजनबी को ये बात बहुत बुरी लगी लेकिन फिर भी वो मुस्कुराया और कहने लगाः 'मैं आपकी घाटी में नहीं जा सकता, तो मैं उसके बारे में आपसे जानना चाहूंगा। मुझे अपनी घाटी और यहां पैदा होने वाली दूसरी क़ीमती चीज़ों के बारे में बताइए।'

'हमारी घाटी की सबसे महत्वपूर्ण चीज़,' सयानों ने उसे बताया, 'एक ऐसी चीज़ है जिसका सौदा नहीं किया जा सकता – हमारा जीवित पहाड़, महापर्बत।'

'ओह, वाक़ई?' अजनबी ने कहा। 'तो मुझे अपने पहाड़ के बारे में बताइए।'

तो हमारे सयानों ने उसे हमारे प्रिय महापर्बत और उसकी बर्फ़ से पोषित होने वाले अद्भुत झरनों के बारे में बताया। अजनबी सारी बातों को बड़े ध्यान से सुनता रहा, और हर चीज़ को इतनी तत्परता से लिखता रहा कि हमारे कुछ सयानों को उसकी नीयत को लेकर चिंता होने लगी। लेकिन जब सप्ताह के अंत में वो मैदानी इलाक़े से आए दूसरे लोगों के साथ ही वापस चला गया तो उन्होंने चैन की सांस ली। हालांकि वो बड़ी ख़ामोशी से गया था, लेकिन उसके अंतिम शब्दों में कुछ अशुभ सा भाव थाः 'मुझे विश्वास है कि हम फिर मिलेंगे।'

एक साल बीता, और फिर एक साल और बीत गया, लेकिन अजनबी की ओर से कोई ख़ैर-ख़बर नहीं आई, तो सयानों को बड़ी राहत मिली। लेकिन फिर अचानक एक सुबह महापर्बत हिलने और झूलने लगा; हिमस्खलन के

कारण बर्फ़ के बड़े-बड़े टुकड़े गरजते हुए नीचे आने लगे और घाटी में दरारें पड़ने लगीं।

बुरी तरह से आतंकित लोग कलावतियों से पूछने लगेः 'ये क्या हो रहा है? हमारा महापर्बत हमसे क्या कह रहा है?' कलावतियां अपने कान और पैर पूरी एकाग्रता के साथ ज़मीन से लगाकर सुनने की कोशिश में लग गईं। फिर जब वो हमारी ओर मुड़ीं तो उनके चेहरे पीले पड़े हुए थे। 'समय के एक चक्र का अंत हो गया है,' उन्होंने कहा, 'और एक और चक्र शुरू हो गया हैः विपत्ति का चक्र। कहीं दूर से भयंकर हथियारों से लैस अजनबियों के झुंड के झुंड आ रहे हैं।'

और फिर, बस कुछ ही समय बीता था कि एक संतरी अकेला पहाड़ी दर्रे से नीचे दौड़ता हुआ आया; एंथ्रोपोइ की सेना आ गई है, उसने कहा। उनकी संख्या तो बहुत ज़्यादा नहीं थी लेकिन उनके पास बहुत शक्तिशाली हथियार थे और वो युद्धकला में कुशल थे। उन्होंने दुर्गद्वार पर धावा बोल दिया था और सारे संतरियों को बंदी बना लिया था। सिर्फ़ उस एक संतरी को ही घाटी तक संदेश लाने के लिए आज़ाद किया गया था, ताकि वो हमें बता सके कि एंथ्रोपोइ ने महापर्बत पर फ़तह हासिल करने का फ़ैसला कर लिया है! उनके विद्वानों ने अपने दूत की बताई हर बात का अध्ययन किया था, और उन्हें विश्वास हो गया था कि हम इस बात से अनजान थे कि पहाड़ के अंदर खनिजों और धातुओं जैसी विपुल संपदा छुपी हुई है। हम इससे इसलिए अनजान थे कि हम सहज विश्वासी और मूर्ख लोग थे, जिनका मानना था कि पहाड़ ज़िंदा है। एंथ्रोपोइ के विद्वान अपने ज्ञान में अतुलनीय थे, और उन्होंने फ़ैसला किया था कि चूंकि हम पहाड़ की संपदा का उपयोग नहीं कर रहे हैं, इसलिए उनका उस पर क़ब्ज़ा करना और जो वो चाहें वो ले जाना जायज़ था।

पूरी घाटी में औचक ख़ामोशी पसर गई। 'नामुमकिन,'

हमने एक आवाज़ में कहा। 'हम उन्हें ऐसा नहीं करने दे सकते।'

'अगर हमने उन्हें रोकने की कोशिश की,' संतरी ने कहा, 'तो वो कहते हैं कि वो हमसे लड़ेंगे। उन्होंने कहा है कि हमारे पास इसके अलावा कोई चारा नहीं है कि हम उन्हें महापर्बत पर चढ़ने और उस पर विजय प्राप्त करने दें। और इतना ही नहीं, हमें ऐसा करने में उनकी मदद भी करनी होगी, वर्ना वो हमें मार डालेंगे या ग़ुलाम बना लेंगे।'

ज़ाहिर है कि इस तरह की धमकी को स्वीकार नहीं किया जा सकता था। हमारे बीच फ़ैसला किया गया कि हम लड़ेंगे, और मर्द और औरतें, जवान और बूढ़े, हम सभी लड़े भी। हम बहादुरी से लड़े, लेकिन हमारी कोशिशें किसी काम नहीं आईं – हमारे कुछ गांवों को लड़ाई में हरा दिया गया, कुछ से धोखे से अपने ही पड़ोसियों पर हमला करा दिया गया, और कुछ को ऐसे ड्रग्स के ज़रिए नाकारा कर दिया गया जिन्होंने उन्हें सपनों जैसे ट्रांस में पहुंचा दिया।

एक बार हमें अपने अधीन करने के बाद, एंथ्रोपोइ ने हमें

एक साथ जमा किया और हमसे कहा कि अब से कुछ बहुत ही भयानक सैनिक हम पर शासन करेंगे – वो उन्हें क्रानी यानी 'हेल्मेट वाले' कहते थे। वो हमारे पहरेदार और निरीक्षक होंगे, ताकि ये सुनिश्चित कर सकें कि हम वो सारे काम करते रहें जो हमें सौंपे जाएंगे। क्रानी की तादाद तो कम थी, लेकिन इसकी भरपाई उन्होंने सर्वशक्तिमान के भयानक भ्रम खड़े करके की थी – उन्होंने अपने और हमारे बीच एक ऐसी दूरी पैदा कर दी थी कि हम ये स्वीकार कर चुके थे कि एंथ्रोपोइ हम जैसे नहीं हैं, बल्कि वो कोई अलग ही प्रजाति हैं।

क्रानी ने सबसे पहला काम ये किया कि हमारे पुराने सयानों को बर्ख़ास्त किया और उनकी जगह नए सयानों की नियुक्ति की, जिन्हें उन्होंने ख़ुद चुना था। पहले हमारे सयानों में मर्दों के साथ-साथ औरतें भी हुआ करती थीं, लेकिन अब ऐसा नहीं रहा। नए सारे सयाने मर्द थे, और जल्द ही हम इन सयानों से उतना ही डरने लगे जितना क्रानी से डरते थे।

इसके बाद उन्होंने कलावतियों को क़ैद कर दिया, और हमारे सारे अनुष्ठानों, गानों, कहानियों और नृत्यों पर पाबंदी लगा दी। उन्होंने कहा कि ये सब बेकार की चीज़ें

हैं; उनका कहना था कि हमारी पैतृक परंपराओं ने हमें तबाही के अलावा कुछ नहीं दिया, और इसीलिए हमारी ये बदहाली और दुर्गति हुई है।

हमारी हालत वाक़ई इससे बदतर हो नहीं सकती थी, लेकिन जल्द ही हमें महसूस हो गया कि एंथ्रोपोइ का काम हमारे बिना नहीं चल सकताः महापर्बत पर उनकी चढ़ाई के लिए हम अनिवार्य थे। हम ही ये सुनिश्चित करते थे कि उन्हें वो साज़ो-सामान और कुली मिल सकें जो ढलानों पर चढ़ने के लिए उन्हें चाहिए थे – हमारे दिए गए सामान के बिना उनके लिए चढ़ाई करना नामुमकिन होता। नतीजा ये हुआ कि हम ख़ुद वो सप्लायर बन गए जिन्होंने एंथ्रोपोइ के लिए हमारे अपने पवित्र पहाड़ पर विजय पाना मुमकिन बना दिया; क्रानी की पैनी निगाह के पहरे में हम खेतों में मेहनत करके वो सामग्री बनाते थे जिसकी उन्हें हमले के लिए ज़रूरत होती थी। क्रानी हमसे कहते थे कि ये हमारी जगह है, हम यहीं के हैं। हमारे शरीर पहाड़ पर चढ़ने लायक़ नहीं हैं, हम इतने ताक़तवर नहीं हैं, हमारी ख़ुराक हमें कमज़ोर बनाती है, हमारी आदतें घटिया हैं, हमारे विश्वास विकृत हैं, हमारे दिमाग़ कमज़ोर हैं, और हमारे दिलों में साहस की कमी

है। हम महज़ वारवारोइ (वो हमें इसी नाम से पुकारते थे) के अलावा कुछ नहीं हैं।

हममें से बहुत से लोग इन बातों पर विश्वास करने लगे थे, और हमारी नज़रें लगातार महापर्बत की रहस्यमयी, चमकीली बर्फ़ पर चढ़ते एंथ्रोपोइ की ओर खिंची चली जाती थीं। हम मंत्रमुग्ध से उन्हें रस्सियों के सहारे चढ़ाई करते देखते थे। हम देखते थे कि ऊपर चढ़ने का उनका उतावलापन ऐसा था कि वो अक्सर आपस में ही उलझ पड़ते थे; हम देखते थे कि उनमें से कई विद्रोही प्रवृत्ति के थे और चढ़ाई जारी नहीं रखना चाहते थे, और हम देखकर भौंचक्के रह जाते थे कि इनमें से कई बाग़ी ढलानों से नीचे फेंक दिए जाते थे – और ये नाटकीय और घातक घटनाएं इन नज़ारों को और भी दिलचस्प बना देती थीं। एंथ्रोपोइ की जिंदगियां हम नीचे घाटी में रहने वालों के दयनीय अस्तित्वों से कहीं ज़्यादा रोमांचक थीं – और इस सबका आकर्षण इस बात से और भी बढ़ जाता था कि क्रानी हमेशा हमसे कहते रहते थे कि हम उस दिशा में न देखें: हमारा काम अपने खेतों में परिश्रम करना था ताकि चढ़ाई करने वालों को कभी भी सामान की कमी न पड़े।

समय बीतने के साथ, पहाड़ के प्रति हमारा रवैया बदलने

लगा – हमारी श्रद्धा धीरे-धीरे पहाड़ से हटने लगी और चढ़ाई के नज़ारे से जुड़ने लगी। जैसे-जैसे ये नज़ारा हमारे दिलों में वो जगह लेने लगा जो कभी पहाड़ की थी, वैसे-वैसे हमारे अंदर ख़ुद इन ढलानों पर चढ़ने की तीव्र इच्छा सिर उठाने लगी।

हममें से कुछ वारवारोइ चढ़ाई के दृश्य को दूसरों से ज़्यादा ग़ौर से देखते थे – ये लोग कुली, ख़च्चरवान और शेरपा थे और ये सभी चुने गए सयानों के परिवारों से थे। वो हमें एंथ्रोपोइ की चढ़ाई के बारे में जो कहानियां सुनाते थे, उनसे हमारी रुचि और भी बढ़ जाती थी। हमारी घाटी में बुद्धिमानी हमेशा औरतों की जागीर रही थी, और चूंकि अब सयानों में उनकी कोई जगह नहीं रही थी, इसलिए हमारा नेतृत्व उन लोगों के हाथों में पहुंच गया था जो पहाड़ को सबसे हीन समझते थे – ताक़तवर, लालची मर्द, जो अपनी इच्छाओं को लागू करने में निर्दयी थे। तादाद में कम होते जा रहे क्रानी का भरोसा उन पर लगातार बढ़ता जा रहा था, और फिर एक समय आया कि हमारे सयाने सोचने लगे कि अब समय आ गया है कि वो क्रानी की जगह को हड़प लें।

धीरे-धीरे, सयानों के उकसाने पर हमने क्रानी का विरोध करना शुरू कर दिया – शुरू में थोड़ा डरते हुए, लेकिन फिर लगातार बढ़ती दृढ़ता के साथ। समय के साथ-साथ हमारा आत्मविश्वास बढ़ता गया और हमारा पलड़ा भारी होने लगा। हमें महसूस होने लगा कि हमारी तादाद ज़्यादा है और उनकी कम; हमें अंदाज़ा हो गया कि हम अपना काम रोककर और आदेशों को न मानकर पर्वतारोहियों की चढ़ाई में गंभीर रूप से बाधाएं डाल सकते हैं। हमने कुछेक छिटपुट लड़ाइयां भी जीत लीं। और आख़िरकार एक ऐसा दिन आ गया जब क्रानी को ये स्पष्ट हो गया कि अब उनके लिए ज़्यादा समय तक सर्वशक्तिमान होने का भ्रम बनाए रखना संभव नहीं होगा। अब उन्हें घाटी में काम करने वाले श्रमिकों की भी बहुत जरूरत भी नहीं रह गई थी, क्योंकि इस समय तक एंथ्रोपोइ पहाड़ की ढलानों से संसाधनों के ढेर हासिल कर चुके थे – जो उनकी जरूरत से कहीं ज़्यादा थे। तो एक रात क्रानी चुपके से ग़ायब हो लिए और तेज़ी से दूसरे एंथ्रोपोइ से जा मिले।

और फिर लोगों की भीड़ सिर पर पैर रखकर पहाड़ की ओर दौड़ पड़ी, और जब तक हम वारवारोइ पागलों की तरह हांफते हुए पहाड़ तक पहुंच नहीं गए तब तक हमें इस बात का अंदाज़ा नहीं हुआ कि हम सब एक साथ उस पर चढ़ने की कोशिश नहीं कर सकते थे। एंथ्रोपोइ

की तरह हमें भी घाटी में काम करने वाले श्रमिकों की जरूरत थी, ताकि वो पूरे धैर्य से काम करते हुए चढ़ाई करने वालों को साज़ो-सामान भेजते रहें। इस अहसास ने घाटी में उथल-पुथल मचा दी, और कुछ गांवों ने दूसरे गांवों पर इस उम्मीद में हमला कर दिया कि वो उनसे बेगार कराएंगे; कई गांव तबाह हो गए और एक दूसरे से आगे बढ़ने की होड़ में पड़ोसियों ने एक दूसरे को मार डाला। हमारी घाटी में रक्तपात का तांडव मच गया। हमारे साथ इतने बड़े पैमाने पर ख़ूनख़राबा और तबाही तो एंथ्रोपोइ ने भी नहीं की थी। और ये सब तब तक जारी रहा जब तक कि किसी हद तक व्यवस्था स्थापित नहीं हो गई और हमारे अपने ही गांवों से चुने गए हथियारबंद पहरेदारों की हाल ही में बनाई गई टुकड़ियों की बंदूकों के आगे घाटी के निवासियों की एक बड़ी संख्या को सफलतापूर्वक ढलान के नीचे रोक नहीं दिया गया। ये वारवारोइ के क्रानी थे।

और अब महापर्बत पर एक और हमले की शुरुआत हो गई, जिसकी पिछले हमलों से ज्यादा सावधानीपूर्वक प्लानिंग की गई थी। अब चढ़ाई ज्यादा मुश्किल थी क्योंकि एंथ्रोपोइ ने ढलानों को गंदा कर दिया था और वहां कचरा बिखेर दिया था। लेकिन कठिनाइयों के बावजूद, हम आगे बढ़ते रहे, और जल्द ही हमें ये बात स्पष्ट हो गई कि ये काम किसी भी तरह हमारे बस के बाहर नहीं

हैः हमारे शरीर मज़बूत थे और हमारे दिमाग़ तेज़ थे; हमारे दिलों में हिम्मत थी और हमारा संकल्प दृढ़ था। हम तेज़ी से ऊपर चढ़ते रहे जबकि नीचे घाटी में मज़दूर भी लगातार मेहनत से काम करते रहे – क्योंकि हमने उनसे वादा किया था कि अगर उन्होंने वाक़ई मेहनत से काम किया, तो उन्हें भी चढ़ाई करने में शामिल होने दिया जाएगाः यही उम्मीद उनका हौसला बनाए हुए थी। जल्दी ही ये ख़बर नीचे मैदानी इलाक़ों तक जा पहुंची, और फिर और भी लोग चढ़ाई करने के लिए घाटी आने लगे।

हमारी चढ़ाई दर्शनीय थी, क्योंकि हम चढ़ाई करने में एंथ्रोपोइ से कहीं कम समय ले रहे थे। हमारी उम्मीद से कहीं जल्दी हमें ऊंची ढलानें नज़र आने लगीं, और हम ये देखकर हैरान रह गए कि एंथ्रोपोइ अब लड़खड़ाने लगे थे और अभी तक पहाड़ के बादलों से घिरे शिखर तक नहीं पहुंच सके थे। हम अब ये भी समझ चुके थे कि अगर हम अपनी अभी तक की रफ़्तार से ही चलते रहे, तो शायद हम वो काम कर सकें जिसके बारे में हमने कभी सोचना चाहा भी नहीं था – शायद हम में से कुछ लोग हमारे कभी पवित्र रहे पहाड़ पर क़दम रखने वाले सबसे पहले लोगों में से हों।

हमारे ऊपर उत्साह की एक अजीब सी लहर सवार हो गई, और उमंग से भरे हम लोग आख़री धावा बोलने से पहले एक क्षण को अपनी सांस दुरुस्त करने को रुक गए। अभी हम वहां ख़ुशी से एक दूसरे की पीठ थपथपाते और अपनी छातियां ठोकते खड़े ही थे कि हमने देखा कि कुछ एंथ्रोपोइ – उनके विद्वान – हमारी दिशा में उतावलेपन से इशारे करते हुए हमें नीचे पहाड़ की तलहटी की ओर देखने को कह रहे थे।

हमने पलटकर देखा तो हमें एक ऐसा दृश्य नज़र आया जिसने हमें बुरी तरह चौंका दिया। हमने देखा कि पर्वतारोहियों के संयुक्त वज़न ने पहाड़ की निचली ढलानों की बर्फ़ को अस्थिर कर दिया था। नतीजतन, विनाशकारी भूस्खलन और हिमस्खलन की एक श्रृंखला ने हमारी पूरी घाटी को अपनी लपेट में ले लिया था, जिससे बड़ी तादाद में हमारे साथी ग्रामीण मारे गए थे। हम भौंचक्के से वहां खड़े इस भयानक दृश्य को देख रहे थे, लेकिन अब कुछ किया नहीं जा सकता था – अब पीछे मुड़ना नामुमकिन था। और अगर हम मुड़ना चाहते भी, तो नीचे मौजूद ग्रामीण हमें मुड़ने नहीं देते, क्योंकि उनकी ज़िंदगी की इकलौती उम्मीद हमारे बाद पहाड़ पर चढ़ना थी।

हमने अपने मर चुके लोगों को अपने दिमाग़ से निकाला – वो वैसे भी ग़रीब थे, जिनकी संख्या इतनी ज़्यादा थी कि कुछेक के कम होने से किसी को फ़र्क़ पड़ने वाला नहीं था। हमने फिर से अपने हौसले को समेटा और दुगने

जोश के साथ, पहले से ज़्यादा दम लगाकर और तेज़ी से पहाड़ पर चढ़ने लगे। चढ़ते-चढ़ते हमने देखा कि एंथ्रोपोइ के विद्वान एक बार फिर इशारा कर रहे हैं, लेकिन इस बार नीचे नहीं बल्कि ख़ुद पहाड़ की ओर। हम इससे उलझन में पड़ गए और रास्ते को देखते-परखते हुए आगे बढ़ने लगे; हमने देखा कि पहाड़ में हर जगह अजीब सी दरारें पड़ने लगी हैं और हर क़दम के साथ जगह-जगह मिट्टी दरकने लगी है और कुछ मिट्टी तो एंथ्रोपोइ तक को बहा ले जा रही है। लेकिन हम फिर भी तेज़ी से आगे बढ़ते रहे।

इन सारी कठिनाइयों की वजह से, एंथ्रोपोइ का हृदय-परिवर्तन सा होने लगा था, विशेषकर उनके विद्वानों का, जिनमें से कई हमसे मिलने के लिए आने और बात करने लगे थे। अब वो हमें वारवारोइ नहीं कहते थे; वो हमारे साथ इस हद तक दोस्ताना हो गए थे कि वो हमें पहाड़ की संपदा का कुछ भाग भी देने लगे थे। कभी-कभी तो वो हमारे साथ अपना ज्ञान भी बांट लेते थे। इसी तरह हमें पता चला कि अब विद्वान इस नतीजे पर पहुंच चूके हैं कि हमारे पहाड़ बस कुछ ही आरोहियों को वहन कर सकते हैं। अगर ये संख्या एक निश्चित बिंदु से आगे बढ़ गई तो

बर्फ़ पिघलना शुरू हो जाएगी – जैसे अभी पिघल रही थी। जल्द ही ये बर्फ़ नीचे स्थित पूरी घाटी को डुबो देगी और सब कुछ बहा ले जाएगी।

इस बात से हम चकित रह गए। एंथ्रोपोइ हमेशा हमसे कहते रहे थे कि उनके हमसे इतने ज़्यादा मज़बूत होने का एक कारण ये है कि घाटी वालों में फैले झूठे और स्थानीय विश्वासों के विपरीत उनके विचार सार्वभौमिक हैं। वो पहाड़ की पवित्रता के बारे में हमारे विरासत में मिले विचारों पर हंसते थेः वो कहते थे कि ये अज्ञानी मूर्तिपूजकों का अंधविश्वास है। सारे पहाड़ एक जैसे होते हैं, और अगर पर्वतारोही ताक़तवर, बुद्धिमान, और मज़बूत इरादों वाले हों तो सब पर चढ़ा जा सकता है। 'सार्वभौमिक' का यही मतलब हुआ ना? कि हर जगह के सारे लोग समान काम कर सकते हैं – और उन्हें ऐसा करना ही चाहिए?

इतनी स्पष्ट बात से कैसे इंकार किया जा सकता था? पहाड़ ने बिना शब्दों के, बिना तर्कों के कैसे ये स्पष्ट कर दिया था? हम सोच में पड़ गए कि क्या इसका अर्थ ये है कि हमारे पहाड़ के समझाने के तरीक़े को दिमाग़ के

बजाय अपने पैरों के तलवों का इस्तेमाल करके सिर्फ़ सावधानीपूर्वक सुनकर ही समझा जा सकता है, जैसा कि हमारी कलावतियों ने हमें बताया था?

तो अब क्या किया जाए? अभी हम अपने सिर खुजा ही रहे थे कि हमने देखा कि एंथ्रोपोइ ने हमसे परामर्श करने के लिए अपने कुछ दूतों का एक गुट भेजा है। हालांकि हम देख सकते थे कि इस गुट के साथ कुछ पुराने क्रानी भी थे, लेकिन फिर भी हमने ये देखने के लिए उनसे मिलने का फ़ैसला किया कि क्या वो उस समस्या का कोई हल बता सकते हैं जिसका इस समय हम सब सामना कर रहे थे। बैठक लंबी चली, लेकिन अंत में कोई नतीजा नहीं निकला। हम ये देखकर दंग रह गए कि पूर्व क्रानी ने हम सबकी साझा समस्या का पूरा आरोप हमारे कंधों पर डाल दिया था। उन्होंने कहा कि ये बदहाली हमारी वजह से हुई है क्योंकि हममें से बहुत ज़्यादा ही लोगों ने ये चढ़ाई चढ़ने की कोशिश की थी। उन्होंने कहा कि चूंकि हम बाद में आए हैं, इसलिए हमें पहाड़ को छोड़कर घाटी वापस चले जाना चाहिए; ये एंथ्रोपोइ का युग है, और इसमें हमारी कोई जगह नहीं है।

हमने ये कहते हुए इसका विरोध किया कि आपने ही कहा था कि हर जगह के सभी लोगों को पहाड़ पर चढ़ने का प्रयास करना चाहिए। आपके विद्वानों ने हमसे कहा

था कि हमें आपके आदर्श का ही अनुकरण करना चाहिए। हम तो बस आपके ही पदचिह्नों पर चले हैं – और ये एक चमत्कार ही है कि हम इतनी दूर तक आने में सफल हो गए, क्योंकि जब हमने चढ़ना शुरू किया था तब तक आप पहाड़ के अधिकतर संसाधनों का इस्तेमाल कर भी चुके थे।

उन्होंने इसे नजरअंदाज कर दिया: ये सब बीती बातें हैं, क्रानी ने कहा, इन पर बात करने का क्या फ़ायदा? हमें बात अब की करनी चाहिए, एंथ्रोपोइ के युग की। हमें देखिए, हम एंथ्रोपोइ हैं, हम सही फ़ैसले लेते हैं; आप वारवारोइ को पहले से ज्यादा हमारा अनुकरण करने की जरूरत है। अगर आप हमें ध्यान से देखेंगे, तो आपको पता चलेगा कि हम चढ़ाई के नए तरीक़े सीख रहे हैं ताकि हम पहाड़ पर हल्के क़दमों से चल सकें। आपको भी यही करना चाहिए – आपको पहाड़ पर पुराने, बुरे तरीक़े से चढ़ना बंद करना चाहिए। आपको भी हमारी तरह हल्के क़दमों से चलना सीखना चाहिए।

लेकिन हमारे पास ऐसा करने का समय नहीं है, हमने विरोध जताया। नीचे गांवों में हमारे लोग हमारे भरोसे बैठे हैं कि हम कम से कम समय में ज्यादा से ज्यादा

ऊपर चढ़ें, ताकि वो भी अपनी चढ़ाई शुरू कर सकें। आप और आपके लोग पहले ही हमसे कहीं ज़्यादा सुरक्षित हैं, क्योंकि आप ढलान पर ज़्यादा ऊपर हैं – अगर आप धीरे भी चलेंगे, तो भी हिमस्खलन को प्रेरित कर देंगे जो हमें बहा ले जाएगा। हम और हमारे लोग तबाह हो जाएंगे।

लेकिन ये तो आपकी ग़लती है, उन्होंने कहा, अगर आप चढ़ाई शुरू करने में इतनी देरी नहीं करते, अगर आप अपने पूर्वजों के मूर्खतापूर्ण तरीक़ों के कारण रुके नहीं होते, तो आप भी ऊपर होते। अब आपके पास अपने भाग्य को स्वीकार करने के अलावा कोई चारा नहीं है।

और तब हम समझ गए कि उनसे बहस करने का कोई फ़ायदा नहीं है। हम समझ गए कि उनका नेतृत्व करने वाले पर्वतारोहियों को हृदय से महापर्बत की कोई चिंता नहीं थी; उनके लिए इसके कभी कोई मायने रहे ही नहीं थे। उन्हें चिंता बस इस बात की थी कि वो चढ़ाई पर हमसे ऊपर रहें; उनके लिए बस ये साबित करना महत्वपूर्ण था कि वो हमेशा सही थे और हम ग़लत। वो चाहते भी तो अब चढ़ाई रोक नहीं सकते थेः चढ़ाई

करना उनके लिए एक नशे जैसा था; उनके शरीर इसके बिना नहीं रह सकते थे। और वो वापस मुड़ने के लिए ख़ुद को तैयार भी कैसे करते? उनका अहं, जोकि बहुत बड़ा था, इसकी अनुमति नहीं देता, क्योंकि इसका मतलब होता अपने अतीत, अपने तौर-तरीक़ों और चढ़ाई को त्याग देना। इसका मतलब ये स्वीकार करना होता कि उनके विद्वान इस बारे में तो बहुत कुछ जानते हैं कि चीज़ें किस तरह काम करती हैं, लेकिन इस बारे में कुछ नहीं जानते कि उनका मतलब क्या है। उन्हें ये मानना पड़ेगा कि उनकी कहानियां झूठी थीं, क्योंकि उनके कथावाचक ये नहीं देख सकते थे कि पेड़ और पहाड़ भी जीवित प्राणी हैं। उन्हें ये क़ुबूल करना पड़ेगा कि हमारी समस्याओं का कारण चढ़ाई का तरीक़ा नहीं, बल्कि ख़ुद चढ़ाई थी। ऐसे बदलाव की उम्मीद करना बेकार था।

और हम? क्या हम वापस मुड़ सकते थे? नहीं – अब ये भी नामुमकिन था; क्योंकि हमारे शरीर भी इस ड्रग के, इसके नशे के, और चढ़ाई के साथ मिलने वाले रोमांच के आदी हो चुके थे। नीचे घाटी में रहने वाले हमारे अपने भी हमें वापस आने नहीं देते, क्योंकि वो पहले से भी ज़्यादा बेचैन होते जा रहे थे, और हमें और तेज़ी से चढ़ने के लिए उकसाते रहते थे। और हम ऐसा ही कर भी रहे थे, लेकिन

अब भारी मन के साथ, क्योंकि हम ये नहीं भूल सकते थे कि हर क़दम के साथ हम अपने विनाश की ओर बढ़ रहे हैं।

लेकिन एक बार फिर हम और भी व्यग्रता के साथ आगे बढ़ने लगे, और हमारे और हमसे आगे वाले पर्वतारोहियों के बीच का फ़ासला तेज़ी से कम होने लगा। जल्दी ही हम इतने क़रीब पहुंच गए कि अब हम नंगी आंख से उनके शिविरों को देख सकते थे।

और अब, इस क्षण में, जिसका हमें कब से इंतज़ार था, जबकि हम एंथ्रोपोइ के लगभग पास आ चुके थे, हमारा सामना एक और सदमे से हुआ – हमने देखा कि हमारे और उनके बीच की दूरी इतनी तेज़ी से किसलिए कम हो गई थी। इसका कारण ये था कि उनमें से ज़्यादातर ने चढ़ाई रोक दी थी; क्रानी उन पर हावी हो गए थे, और वो उन्हें उसी तरह पहाड़ के संसाधन खोदकर निकालने को मजबूर कर रहे थे जैसे कभी उन्होंने हमें मजबूर किया था, ताकि वो ऐसी मशीनें बना सकें जो उन्हें पहाड़ से ले जा सकें। लेकिन ये मशीनें छोटी थीं, और उनमें बस उनके लीडरों और क्रानी, और शायद हमारे कुछ सयानों, के लिए जगह थी। बाक़ी ज़्यादातर एंथ्रोपोइ पीछे छूट जाने थे, जिनमें विद्वान तक शामिल थे (जिन्हें अब पता चला था कि क्रानी हमेशा मन ही मन उनसे चिढ़ते रहे थे)।

अब अचानक सब कुछ बदल गया था। एंथ्रोपोइ के झुंड के झुंड निराशापूर्वक चिल्लाते हुए हमारी ओर आने लगे, जिस तरह कभी हम बहुत समय तक करते रहे थे। अपनी साझा बदहाली से एकजुट होकर हमने हाथ मिला लिए और एक दूसरे को गले लगा लिया। अब हम एंथ्रोपोइ -

वारवारोइ नहीं थे – हम एक थे।

'शायद,' उनके विद्वानों ने कहा, 'तुम्हारे विश्वासों में कुछ प्रज्ञता है तो ज़रूर। क्या तुम प्लीज़ हमें अपनी पुरानी कहानियां सुनाओगे, अपने पुराने गाने सुनाओगे, अपने नृत्य दिखाओगे – ताकि हम देख सकें कि क्या तुम्हारा पहाड़ वाक़ई ज़िंदा है या नहीं?'

लेकिन हम ये जानकर मायूस हो गए कि हम अपनी पुरानी कहानियां, गाने और नृत्य भूल चुके थे। हम भी यही मानने लगे थे कि वो मूर्खतापूर्ण हैं, कोरी कल्पना हैं और एंथ्रोपोइ के युग में उनकी कोई जगह नहीं है। और फिर किसी ऐसे व्यक्ति के लिए एक ज़बरदस्त तलाश शुरू हो गई जिसे हमारे पुराने तौर-तरीक़ों के बारे में कुछ भी याद हो।

काफ़ी तलाश के बाद हमें एक ऐसी बूढ़ी औरत मिल ही गई जो कभी कलावती रही थी, लेकिन जिसने क्रानी के डर से इस बात को छुपाया हुआ था। उसे नाचने के लिए मना पाना आसान नहीं था, लेकिन आख़िरकार वो अपना नृत्य दिखाने को तैयार हो गई। और जैसे ही वो अपनी मुद्रा में आई, वैसे ही एक अजीब, चमत्कारिक घटना हुई: हमें अपने पैरों के नीचे पहाड़ का कंपन महसूस होने लगा

जैसे वो उस नृत्य के जवाब में कांप रहा हो।

हम सब आश्चर्यचकित थे, लेकिन सबसे ज़्यादा चकित एंथ्रोपोइ के विद्वान थे, जो चिल्ला पड़े थे कि: 'तुम सही कहते थे! पहाड़ वाक़ई ज़िंदा है! हम इसकी धड़कन को अपने पैरों के नीचे सुन सकते हैं। इसका मतलब है कि हमें बेचारे, प्यारे पहाड़ की देखभाल करनी चाहिए; हमें इसकी सेवा करनी चाहिए, हमें इसका ख़्याल रखना चाहिए।'

इस पर कलावती ने अपना नाच बंद कर दिया। उसकी आंखें ग़ुस्से से सुर्ख़ हो रही थीं।

'तुम्हारी हिम्मत कैसे हुई?' वो चिल्लाई। 'पहाड़ से इस तरह बात करने की तुम्हारी हिम्मत कैसे हुई जैसे तुम इसके मालिक हो, और ये तुम्हारा खिलौना या तुम्हारा बच्चा हो? ये तुम्हें जो कुछ सिखाने की कोशिश करता रहा है, क्या उससे तुमने कुछ नहीं सीखा? कुछ भी नहीं सीखा?'

महापर्बत के बारे में

अंतरराष्ट्रीय स्तर पर प्रख्यात लेखक अमिताभ घोष की नई किताब *महापर्बत* एक चेतावनी पूर्ण कहानी है कि कैसे हम प्रकृति का निरंतर रूप से शोषण करते रहे हैं, जिसके नतीजे में पर्यावरण को क्षति पहुंची है।

एक सपने के रूप में वर्णित, यह कहानी है जीवित पहाड़ महापर्बत की; महापर्बत के आश्रय में रहने वाले घाटी के स्थानीय निवासियों की; व्यावसायिक लाभ के लिए पहाड़ पर एंथ्रोपोइ द्वारा किए गए हमले की, और इसके नतीजे में हुई तबाही की। उन मनुष्यों का एकमात्र उद्‌देश्य प्रकृति के वरदानों से फ़ायदा उठाना है।

महापर्बत आज विशेष रूप से प्रासंगिक है जब हम एक महामारी से जूझ रहे हैं और एक जलवायु संकट का सामना कर रहे हैं: और ये दोनों ही प्रकृति के साथ इंसान के संबंधों के बारे में हमारी अपर्याप्त समझ और हमारे द्वारा प्राकृतिक संसाधनों के निरंतर शोषण और दुरुपयोग के नतीजे हैं। यह किताब हमारे समय की है, हमारे समय के लिए है, और यह सभी उम्र के पाठकों को आकर्षित करेगी।

लेखक के बारे में

अमिताभ घोष का जन्म 1956 में कलकत्ता में हुआ था, और आप भारत, बांग्लादेश और श्रीलंका में पले-बढ़े; आपने दिल्ली, ऑक्सफ़ोर्ड और अलेक्ज़ैंड्रिया से पढ़ाई की। वे *द शैडो लाइन्स, द ग्लास पैलेस, द हंग्री टाइड, आइबिस त्रयी, गन आईलैंड, द ग्रेट डीरेंजमेंट, द नट मेग्सकर्स* और *जंगलनामा* सहित कई उपन्यासों व कथेतर साहित्य के रचयिता हैं।

अमिताभ घोष की रचनाओं का तीस से अधिक भाषाओं में अनुवाद हुआ है। आपके निबंध *न्यूयॉर्कर, न्यू रिपब्लिक* और *न्यूयॉर्क टाइम्स* में छपते हैं। आपके लेखन को दुनिया भर में पुरस्कृत और सम्मानित किया गया है। 2019 में *फ़ॉरेन पॉलिसी* पत्रिका ने आपको पिछले एक दशक के सबसे महत्वपूर्ण वैश्विक विचारकों में से एक का ख़िताब दिया। उसी वर्ष आपको भारत का सर्वोच्च साहित्यिक सम्मान, ज्ञानपीठ पुरस्कार, प्रदान किया गया: आप इसे प्राप्त करने वाले अंग्रेज़ी भाषा के पहले लेखक हैं।

अनुवादक के बारे में

नवेद अकबर 1991 से 2006 तक हरियाणा के एक डिग्री कॉलेज में लगभग 15 वर्ष व्याख्याता रहे हैं। 2006 से 2009 तक लगभग तीन वर्ष आपने पेंगुइन के भारतीय भाषा प्रकाशन को देखा। आप अब लगभग दो दशक से स्वतंत्र अनुवादक हैं।

आपने विभिन्न प्रकाशकों जैसे पेंगुइन बुक्स इंडिया, वेस्टलैंड पब्लिकेशन और हार्पर कॉलिन्स इंडिया के लिए अनेक पुस्तकों का अंग्रेजी से हिंदी में अनुवाद किया है, जिनमें प्रमुख हैंः खुशवंत सिंह की *जन्नत एवं अन्य कहानियां*, इफ़्तिख़ार गिलानी की *जेल में कटे वो दिन*, विक्रम चंद्रा की *सेक्रेड गेम्स*, अमिताभ घोष की *आइबिस त्रयी* (*अफ़ीम सागर; नशे का दरिया; अग्नि वर्षा*), एपीजे अब्दुल कलाम एवं वाईएस राजन की *भारत 2020 और उसके बाद*, का हर्षा भोगले की *जीतने के रास्ते*, नोबेल-पुरस्कार विजेता ओरहान पामुक की *द ब्लैक बुक*, नायल फ़र्गसन की *मुद्रा की माया*, नोबेल-पुरस्कार विजेता वी.एस. नायपॉल की *मास्क ऑफ़ अफ़्रीका; हाउस ऑफ़ मि. विश्वास; बियॉन्ड बिलीफ़*, अश्विन सांघी की *चाणक्य मंत्र; कृष्ण कुंजी, रोज़ाबल वंशावली; सियालकोट गाथा;* और *कालचक्र के रक्षक*, और भवदीप कांग और नमिता कला का *जस्ट ट्रांसफ़र*।